Editora Appris Ltda.
Copyright© 2024 do autor
Direitos de Edição Reservados à Editora Appris Ltda.

Nenhuma parte desta obra poderá ser utilizada indevidamente, sem estar de acordo com a Lei nº 9.610/98. Se incorreções forem encontradas, serão de exclusiva responsabilidade de seus organizadores. Foi realizado o Depósito Legal na Fundação Biblioteca Nacional, de acordo com as Leis nos 10.994, de 14/12/2004, e 12.192, de 14/01/2010.

FICHA TÉCNICA

SUPERVISORA EDITORIAL	Renata C. Lopes
DIAGRAMAÇÃO	Carlos Pereira
CAPA	Eneo Lage

Editora e Livraria Appris Ltda.
Av. Manoel Ribas, 2265 – Mercês
Curitiba/PR – CEP: 80810-002
Tel. (41) 3156 - 4731
www.editoraappris.com.br

Printed in Brazil
Impresso no Brasil

Autor & Obra

Inspirações para a escrita de
A vida contada pela morte

Thompson Adans

Autor & Obra

Inspirações para a escrita de
A vida contada pela morte

Quando criança, no início da minha vida escolar, eu me interessava bastante por livros, sempre que podia ia à biblioteca da escola pegar livros emprestados. Minha mãe conta que eu chegava da escola com um livro e ficava sentado, lendo até finalizá-lo.

Mas, se me perguntarem: "você esperava ser escritor um dia?", minha resposta será: "não", pois realmente nunca imaginei que escreveria, publicaria e daria início à carreira de romancista. Contudo, as coisas na minha vida — e acredito que na vida da maioria das pessoas — simplesmente acontecem.

Ao terminar o ensino médio, recordo que, na cidade onde cresci e morava na época, Planaltina, no Distrito Federal, havia só uma faculdade particular, a Faculdade das Águas Emendadas (FAE), onde meu irmão estudava matemática. Fiz o vestibular para o curso de Letras e fui aprovado, mas no dia da matrícula senti que não era ali que queria estar.

Comecei a estudar música e acabei parando no curso de Física na Universidade de Brasília (UnB). Inesperado, não acha?! Veja o que aconteceu depois!

Após entrar no curso de Física, vi que de fato não era o que eu queria, desanimei com as matérias e os professores, os quais mais desestimulavam os alunos. O próprio coordenador do curso era lamentável. Assim peguei várias matérias de outros cursos, como Psicologia, Museologia, Turismo e Literatura Russa.

No primeiro momento, apaixonei-me por Psicologia, é instigante mergulhar na mente e no comportamento humano. Literatura Russa não ficou atrás, estudei durante aquele semestre *O Capote*, de Nikolai Gógol, e achei uma loucura o personagem morrer por causa de seu capote e virar um fantasma que assombrava e roubava capotes. Foi essa a sensação do meu primeiro contato com essa literatura, porém segui em frente, estudando os livros de interpretação de Bakhtin acerca dos personagens criados por Dostoievski e lendo obras como *Gente Pobre*, *Crime e Castigo*, *Memorias do Subsolo* e *Os Irmãos Karamazov*. Por fim, consegui vislumbrar a intensidade da escrita russa, além de perceber que o primeiro livro que tinha lido, *O Capote*, trazia consigo muitas críticas sociais. Esse tipo de romance conquistou minha atenção.

Apesar de ter gostado de Literatura Russa, eu queria sair da Física para cursar Psicologia, mas acabei me formando em Direito no Centro Universitário de Brasília (UDF), como bolsista integral e me tornando advogado. Loucura, né?! Não controlamos a vida, e, sabendo disso, sigo o ritmo dessa dança.

Possivelmente, você deve estar perguntado: "se não fazia ideia que seria escritor, como criou esta obra?". Bom, eu digo que não fazia ideia, em razão de sempre ler os livros e pensar "meu Deus, é muito difícil criar uma história do zero, criar personagens, um mundo inteiro ali". Isso não me deixava sequer tentar.

No entanto, anos após me formar, por distintos fatores, fui acometido por uma crise depressiva tão forte que todo dia pensava na morte, não queria me matar, mas queria partir dessa para melhor, se é que me entendem. Foi um período difícil, que quebrou toda a visão de mundo que eu tinha construído até então. O eu que sonhava conquistar céus e rios de coisas estava sendo consumido e despedaçado, o mundo era cinza e nada fazia sentido. Viver não tinha graça em um mundo onde, para qualquer direção que olhava, via apenas a efemeridade dos homens.

A essa crise depressiva e ansiosa, juntou-se a crise existencial, que me fazia questionar o sentido da vida que a sociedade nos impõe. Qual razão de trabalhar tanto para morrer e a vida ser só isso? Qual razão de a vida ser como ela é? Estudar anos e mais anos, ostentar carros, casa e no final nada levar disso... Faz sentido essa vida que a sociedade fomenta dia após dia? Deus teria culpa da ganância dos homens já que são Sua imagem e semelhança? Vinham mil e um questionamentos à mente, o que piorava minha condição e destruía a visão de mundo que tinha até então.

Foi em meio a esse rompimento de visão de mundo que comecei a escrever *A vida contada pela Morte*", que nem tinha esse nome, na verdade não tinha nome nenhum, eu só estava tentando colocar meus pensamentos para fora e ocupar a mente de alguma forma. Naquele tempo, ali pelo fim de 2019, início de 2020, eu larguei a escrita e comecei a estudar para concurso. Afundei-me nos estudos para não pensar na vida, estudava de manhã, tarde, noite e um pouco da madrugada, somente para não pensar em morrer. Finalizei o edital do concurso da Polícia Civil do Distrito Federal em três meses. E, como não controlamos a vida, a pandemia veio e, na semana da prova, foi decretado *lockdown*... acabei não fazendo a prova.

Que bom que não fiz a prova! Se fizesse, talvez não seria escritor hoje. Continuando, após esse severo rompimento com minha antiga visão de mundo, o que não considero algo negativo, uma vez que o usei para, de certa forma, desenvolver uma nova visão, tive uma melhora no meu quadro depressivo e estava voltando ao normal, não pensava mais na morte, também não toquei novamente no livro. Ficou parado por anos, pois não era meu plano terminá-lo.

Contudo, a vida, uma bagunça sem fim, por vários motivos, me trouxe uma nova crise depressiva, na qual eu ficava acordado durante toda a madrugada. Certo dia, abri o arquivo do livro que nem tinha nome e comecei a ler as poucas páginas, não tinha muita coisa, porém o suficiente para que eu retomasse a escrita.

Durante o mês de fevereiro de 2022 inteiro, escrevi madrugada adentro. De meia-noite até as 3 ou 4 horas da manhã, minha mente estava desperta e trabalhando ao máximo, escrevendo o que hoje é a obra *A vida contada pela Morte*.

Em profunda decepção com distintas situações que vinham me afetando, retomado pela crise depressiva e ansioso, voltei a escrever, reiniciando pela história que viria a ser do personagem Steve, ao ver o filme *da Menina que roubava livros*, pensei "o que a morte teria para dizer acerca de como nós, humanos, vivemos? Ela é a maior testemunha e julgadora que poderíamos ter, pois nos acompanha dia após dia, não há um passo que não damos sem ela estar ciente. Então, a narrativa que havia escrito se tornou a morte julgando-nos e segui construindo o encontro da morte com Steve.

No primeiro capítulo, "O Prólogo", não havia a Sophie, ela só apareceria depois, em uma das revisões que fiz e decidi criar uma personagem que permitisse despertar a mais profunda empatia do leitor. Acreditei no potencial da Sophie para tocar o leitor, pois, enquanto escrevia sua história, fiquei com os olhos marejados de lágrimas, assim estava certo de que sua breve história tocaria também os leitores. Dito isso, Sophie é o oposto de Steve; enquanto ela desperta empatia, sentimento de piedade e até lágrimas, Steve desperta raiva, vontade de justiça contra sua personalidade mesquinha e arrogante. Nesse contato inicial, minha intenção é avivar no leitor sentimentos contrastantes, empatia por um e raiva por outro, unicamente por querer justiça, assim somos os humanos, sentimentais, oscilantes, reativos ao que está em nossa frente. Depende do que está à nossa frente para decidirmos explodir em fúria ou sermos tocados por uma onda de empatia e piedade.

Seguindo, nas partes do livro em que aparecem o escritor, a maioria dos leitores que entrou em contato comigo perguntou se era eu. De certo modo, os capítulos: "O Escritor I: há muito tempo desisti"; "O Escritor II: amor e sinfonia" e "O Escritor III:

Deus e adeus" trazem um pouco da minha infância, da minha adolescência, tempos de universidade, faculdade e pós faculdade, em que muitos eventos me marcaram, bem como traz uma brevidade do rompimento de visão de mundo que tive, das decepções, das felicidades, dos momentos passageiros que a vida nos proporciona, das pessoas e suas complexidades. São capítulos em que tirei um pouco de mim e inseri pensando em criar identificação com o leitor, proporcionar uma proximidade das experiências dele com o que está escrito. Ora, quem nunca sofreu por um amor, uma paixão? Quem nunca teve dificuldades? Quem nunca teve sentimento de tristeza e desânimo? A vida pode ser bela, mas não é sempre que ela vai nos agradar.

O capítulo "O Escritor I: há muito tempo desisti" reflete meu estado de espírito após o rompimento da antiga visão de mundo que tinha. Aquela pessoa otimista e cheia de planos para o futuro dá espaço a uma concepção de "estou farto de tudo isso, quando que acaba mesmo?!". Não só por causa das crises, mas também de todo acúmulo de situações que vivi. Esse sentimento não é comum só a mim, mas também a tantas pessoas, e sei que causaria identificação nos leitores, ainda mais quando tentamos enfrentar o mundo por nós mesmo, sem compartilhar nosso peso com os demais, ser "forte" como a sociedade nos ensina.

No capítulo "A última dança", quis abordar um assunto que necessita ser mais difundido, a depressão. Para muitos pode ser "frescura" ou "tristeza" apenas, mas não é correto encará-la dessa forma. Fazendo uma crítica ao modo que muitas pessoas desconhecem ou não querem aceitar que as pessoas ao seu redor precisam de ajuda para lutar contra esse transtorno mental, inseri a personagem Lizz, que se mostra egoísta e aquém a qualquer senso de empatia, até que sua mãe, por estar em profunda depressão, decide dar um basta em tudo para que sua filha possa seguir a vida sem culpá-la. Além disso, é evidenciada nessa parte a pessoa que possui dívida moral e que se esconde na religião, como forma de ter carta branca para pecar e aprontar, pois seu Salvador vai perdoá-la. O capítulo da Lizz é curto, porém interessante e de muitos ensinamentos, desde a falta de conhecimento de como são os anjos, tendo a mente humana criado a figura deles como sabemos hoje em dia, até a conscientização da gravidade que é a depressão e a falta de empatia das pessoas com quem está enfrentando tal transtorno.

Já no capítulo "A gente não sai daqui nem morto", a inspiração vai parecer piada, mas não é. Onde eu moro tem uma praça e, ao tempo da escrita do livro, ficavam ali alguns arruaceiros fazendo barulho noite adentro, com frequência. Quando o fim de semana se aproximava, sabíamos que a bagunça estava prestes a começar. Deu até briga, uma vizinha do condomínio ao lado bateu boca com eles e, em vez desses apalermados reconhecerem que estavam incomodando toda a coletividade, reagiram fazendo mais barulho ainda. Não adiantava nem chamar a polícia, que fingia que ia resolver, mas sequer aparecia lá. Depois de um tempo, por motivo que desconheço, eles simplesmente pararam de ir fazer arruaça na praça. Em meio à escrita do livro, decidi trazer essa história como forma de mostrar a necessidade de se viver de maneira ponderada. Não é cor, a raça, a condição financeira ou a posição social que vai te livrar da morte, ela vai acontecer mais cedo ou mais tarde, e você não vai conseguir passar por cima dela igual faz com as pessoas que, por algum motivo, você julga serem inferiores.

O capítulo "O Escritor II: amor e sinfonia" tem o condão de mostrar a sociedade do desapego. Atualmente, o que mais se vê são relações vazias, baseadas na satisfação do desejo pessoal e na ostentação de uma imagem para que todos vejam o que se possui. Se aquilo não está cumprindo essa função, é hora de trocar por algo que o fará. Assim, é com relacionamentos amorosos e bens materiais, o capitalismo entrou até para o ramo do amor, oferta e procura em meio à necessidade de satisfação dos desejos; quando não servir mais, joga fora e pega outro. Para tanto, trouxe ao texto, como referência e inspiração, a sociedade líquida de Zygmunt Baumann, o qual, a meu ver, acertou precisamente em suas ponderações. Nesse sentido, pessoas como o personagem Tom, por não serem líquidas, colecionam frustrações ao não se enquadrarem na sociedade do desapego. Outro ponto interessante desse capítulo é mostrar que somos feitos pelo conjunto das experiências vividas, presenciadas e aprendidas, sejam elas boas ou más. Por fim, busco inspiração no *Testamento* de Beethoven para abordar o tema relacionado ao propósito de vida, entendendo que este é construído enquanto se vive, pois não nascemos sabendo o que faremos, não somos máquinas programadas, muito menos temos pleno controle da vida. Essa parte do livro teve influência do que vivi, tanto das situações que nunca planejei quanto dos desencantos com pessoas da sociedade líquida.

Em meio a tantos acontecimentos, não poderia deixar de fora a crítica social sobre o período da pandemia, assim, escrevi o capítulo "Consegue sentir, sr. Presidente?". Essa crítica demonstra a falta de sensibilidade da classe política em sua maioria — os representantes do povo que não o representam — bem como evidencia a ausência de empatia em um nível assustador durante o marco pandêmico, aqui não só da classe política, mas da sociedade de forma geral, na qual muitas pessoas tiveram que perder entes próximos para acreditar que a Covid-19 realmente existia; outras nem diante da tragédia com seus próximos despertaram seu senso de empatia e continuaram transgredindo as medidas de segurança. Então, na figura do personagem Presidente, resolvi juntar todo esse desdém pelo seu semelhante até que o pior acontecesse. Após essa fase, mostra-se a figura abalada do Presidente, que foi obrigado por Gal a sentir de igual maneira e intensidade a dor de seu povo para que tivesse ciência e, de uma vez por todas, tomasse uma postura ativa na política, colocando-se a serviço da população, o que de fato é a finalidade da política.

Ao final do livro, pretendi condensar mais ainda a temática filosófica existencial que já vinha sendo apresentada durante a obra, criando o capítulo "O Escritor III: Deus e adeus", de modo a discutir o que viria a ser Deus, livre arbítrio e até a existência dos homens do ponto de vista religioso sob a ótica de Spinoza. Teria Deus culpa pelos atos dos homens?! Teria Deus dado o livre-arbítrio aos homens?! O homem, por não ter uma compreensão melhor do universo, criou a figura de Deus para dar sentido aos eventos que lhes acontecem?! Teria Deus criado os homens contra a vontade deles?! Seríamos nós apenas a consequência de sucessivos eventos desencadeados pela existência de Deus, tendo este não nos criando por sua liberdade?! Dentre tantos outros questionamentos estimulados pela minha crise existencial, a única certeza que restou ao final foi a Morte, sendo conhecida por todas as culturas humanas, recebendo diversos nomes... Azrael, Tânato, Nergal, mas para os íntimos leitores, Gal.

Terminado o livro no final do mês de fevereiro, confesso que não tinha intenção alguma de publicá-lo, até que acabei mandando para uma amiga, Esthefany, que o leu e chorou com certas passagens, falou que eu deveria publicá-lo. Pensei que podia ser exagero publicar um livro que acabara de escrever. Depois de um tempo, mandei para mais algumas amigas que adoram ler, Duda e Marília. Elas também gostaram do livro e disseram que eu deveria publicá-lo. A Duda foi além e começou a me enviar vários sites e e-mails de editora, ela realmente queria que eu publicasse o quanto antes. Quase obrigado pela Duda, enviei e-mail para várias editoras, a maioria aceitou o original, no entanto umas cobravam muito caro para o serviço que entregava, e outras não passavam confiança.

Meses depois de ter enviado um e-mail, Milenne, da Editora Appris entrou em contato comigo, perguntando se eu já tinha publicado, pediu perdão pelo tempo que demorou para responder, em razão de problemas no e-mail da empresa, não conseguiram retornar o contato rapidamente. Naquele tempo, por não ter gostado muito dos serviços editoriais que vinham me respondendo, não tinha publicado o livro e já estava desistindo dessa ideia, pois algumas cobravam caro para um serviço de baixa qualidade e outras não possuíam vaga na agenda de lançamento, não recebendo novos originais.

Ao conversar com a Milenne, sabia que era a editora certa, que era ali que queria começar a publicar. Porém, como pagaria o custo editorial? Eu não tinha dinheiro, tinha cartão de crédito, porém não tinha dinheiro para pagar a fatura. Então, coloquei na conta do Nubank, Digio e outro cartão, paguei com meus cartões e segui a vida. Não fazia ideia se daria certo a publicação, não fazia ideia se venderia 100 exemplares, só pensei "ora, por que não?!" e publiquei. Esta é uma breve história da minha vida e de como surgiu *A vida contada pela Morte*.